KB089938

이순재 제1시집

# 어쩌면 좋아

문예출판

# 인사말

문단에 선다는 것은 특정한 사람만이 하는 일인 줄 알고 있었습니다. 나이를 먹고 세월만 보내던 중 우연히 대학동기생 이덕희 소개로 詩歌흐르는서울 시 창작반에 문을 두드리게 되었습니다.

강의 첫날에 92세 어르신 시바다 도요의 베스트셀러 작가의 시를 보고는 제가 하고 싶었던 말씀이 그 시속에 다 들어 있는 듯했습니다.

제 마음속에 묻어 두었던 생각들과 추억 또는 사연이 시가 될 줄 몰랐었고 우리 삶이 온통 시속에 살고 있다는 것도 몰랐습니다. 부끄러움 무릅쓰고 김기진 선생님의 가르침과 칭찬에 용기를 냈습니다. 부족함이 많지만 널리 이해하여 주셨으면 합니다.

2022. 09. 20
**이순재** 이인 배

# 서문

　이순재 선생님이 어쩌면 좋아 시집을 발행함은 기적적인 일입니다. 7월 6일 제가 강의하는 詩歌흐르는 서울 5기 반에 합류하신 날이었는데 9월 6일 60여 편의 시를 보내오게 된 것은 경이로운 일입니다. 저가 강의하는 교제의 제목이 『누구나 시인이 될 수 있다』 입니다.

　제가 H 대학 평생교육원 시 창작 과정정에 강의를 시작할 때 교장 출신인 분이 시는 자신 없다고 해서 저가 삼 개월 안에 시를 지을 수 있게 하겠다고 장담하였고 그분이 삼 개월 만에 손녀 생일 시를 가지고 왔습니다. 그 후 문단에서 좋은 글을 많이 발표하고 있고 시집도 두 권 낸 중견 시인이 되었습니다. 이순재 시인이 강의를 듣기 시작하여 60일 만에 60여 편의 시를 제출하여 시집도 내고 등단하는 영광의 기적을 이루었습니다.

　저도 이 기적에 함께 도전 하고자 모든 일을 잠시 미루고 편집을 하여 발간하게 되어서 기쁘고 흐뭇합니다. 대게 문단에 저명한 분이 서문을 써 주는 게 관례이지만 이순재 시인이 서문을 부탁함에 기쁘게 승낙하였습니다. 모자라는 저가 서문을 쓴 것을 양해해 수시길 바라면서 이순재 시인의 발전과 문운을 빕니다.

2022년 9월 23일
詩歌흐르는서울 대표 김기진 시인 배

# 1부 어쩌면 좋아

# 2부 엄마의 옛노래

## 3부 나팔꽃 나팔 불어

## 4부 할아버지 담배 재떨이

# 1부 어쩌면 좋아

# 어쩌면 좋아

# 어쩌면 좋아

흘러가는 구름 어쩌면 좋아
가는 세월 어쩌면 좋아

곁에 있을 테냐
해는 서산에 있으니
움츠릴 수 없어 어쩌면 좋아.
자꾸 도망치는 너 어쩌면 좋아

찾아다니다 뒤돌아 올려나
그리움이 터질 때
돌아 오나
어쩌면 좋아

## 시처럼 살고 싶다

내 안에 있는 모든 것
다 ㄲ집어내
시처럼 살고 싶다

보이지 않고
들리지 않던 소리
귀 기울였더니

보이는 게
너무 많아
눈을 감을 수 없네

# 복숭아

며늘아기가 가져다준
복숭아 두 알

연지곤지 찍은 듯
너무나 이쁘지고

쟁반 위에 바친 채
바라보며
재미에 빠졌다

꽃과 벌이 합심하여
가져다준 결실

맛을 맡으며
향기를 다시며
눈으로 만지작거리고 있다

# 그네

그네를 보면 춘향이가
머리속으로 파고든다

그네 바람에 살랑거리는데
이도령이 춘향이 오기를
숨어 있기 오래

춘향이 뺨치고도 남는
손주들이
그네 차지해
춘향이는 못오네

# 오늘 하루

산다는 건
작은 점 하나 찍고
보내는 것

점 하나 잘 찍은
오늘 하루

작은 일상
행복 되어 하루

# 내 고향 집 역사

나이 먹는 낡은 집
불길 다녀간 집
삶을 포기하려 했던 집

막대기에 두 서너 개
얼기설기 받쳐 놓고 살던 집

삽짝에 새끼줄 꼬아
경계선 만들어 전염병 막아내며
칠 남매 살려낸 고향옛집

아이 울음소리 날 때마다
기둥 하나씩 보태가며
역사를 이어간 집

막내아들이
부쉈다 쌓았다
수십 번 톱질 망치질로
대궐 되었네

손때 묻은 물건들 나열해 놓고 나니
유난히 큰소리치는 괘종시계 소리
부모님 영혼 오실 것 같아
대문 열어놓았다네

# 고무줄놀이

지난날
노래 불렀지

"아가야 나오너라 달마중 가자
앵두 따라 실에 꿰어 목에다 걸고
검둥개야 너도 나와 발 맞춰 가자"

노랫소리에
조물조물 많이도 모여들었지
친구 동생
까르르 웃으며 고무줄놀이 같이 배웠지

그 신작로 놀이터 가고 싶어라.
내 남은 소망하나
조약돌 위라도
시 한 수 새겨 놓을 수 있다면

세상 끝 그 위에
내 영혼 함께 있고 싶어
두 손 포개 들며
고무줄놀이 친구들
얼굴 잊을까 봐

꾹꾹 눌러 그리움 찍고
저승 가서도
고무줄 놀이 같이 하자
발 맞춰 가자

# 매미 울음소리

철 지난 매미 한마리
처마 끝에 쭈그리고 앉아
날개 꺾인 매미

살며시 다가가
왜 혼자 울고 있니 물어보았네

젖은 날개 무거워
맴맴맴
손잡아 달라고
맴맴맴

가방끈 붙잡고
날지 못하는 매미 한 마리
가방끈 모가지에 걸려
맴맴맴
날고 싶다고
맴맴맴

# 동그라미

출발지도 도착지
도착지도 출발지
우리 생도 동그라미

뱅뱅 돌아도 동그라미
둥근 지구도 동그라미
뒤돌아보니 또 출발지

땅속에 묻혀 숨어서도
그 자리 동그라미
영원히 돌고 도는 동그라미
죽음도 삶도 없는 동그라미

# 허수아비

검은 조끼 입은 엄마
아빠는 노란색
그 옆자리 딸 하나
지하철 텃밭 언저리에 서 있다

혼자 있는 딸은
동생 기다리며 돌탑을 쌓았나 봐

고구마 캘 일손
한 명이라도 더 불러와
가족사진 찍어야 겠다

# 자린고비

천정에 굴비 한 토막
짠물 뚝뚝 떨어질 듯
그래도 내 몫은 없어

맨 보리밥 새우젓으로
대신했었지

입속에 고인 침
들이켰던, 옛 시절

그 굴비
근사한 식탁 위로 모셔
하얀 속살 발라 놓고
그때 그 굴비 못 잊네.

## 인생길

끝없는 꿈의 거리
뭔가를 끝없이 찾는다

빈손으로 갈 줄 알았는데.
인심 좋은 이들이

두 손으로
청산에 흐르는 물 받쳐 놓고

오가는 이 살피면서
배 띄워라 네

# 초등학교

그때는 국민학교
마음대로 갔던 국민학교
두세 살 언니도 같이 배웠지

기역 자 깨우치는 데도
많은 시간 보내야 했던
내 능력

친구 집 문턱이
닳도록 드나들며
밥그릇 몇 개인지 세며
묵묵히 걸어온 길

내세울 것 하나 없어
웃지도 울지도 못한다
등 불을 켜고 앞장서서
반딧불들 다 모아보자

# 운수 좋은 날

이웃집 어른 찾아오셨으니
깻잎 송송
부추 송송
무공해 계란 넣어
기름 살짝 두르고
자글 자글 노릇노릇
부쳐낸 부침개

막걸리 한잔 서로 맞추고
들이킬 수 있는
오늘 운수 좋은 날
때 해묵은 설움 날려 보내니

텃밭 포도 잘도 익어가고
옥수도 수염 날리고
키 큰 수수 고개 숙여 절 하네

# 이부자리 혼수품

분홍빛 이부자리 혼수품
밤마다 안으면
어느새 사르르
꿈을 먹고 사는데

나 시집 보내며
목화솜 겹겹이 덧붙여 만든
두툼한 이부자리
장롱 주인 되고

아들 덕에 받은 혼수품
이부자리
포근히 잠들 수 있어
세상만사 다 나의 것이 되리라

# 다림질

하늘은 꼬리도 안 보이게 올라가고
붉은 감이 익어가는 추석

코로나로 바뀐 제사 문화
고향 찾는 일
내년으로 미루었더니
편치 않은 막내아들

아직 여물지 않은
포도 배 따라 상위에 올려 놓고
부모님 사진 앞에 절을 한다

조무래기 손주들 따라하니
할아버지 주름진 얼굴 다림질 한다

빨주노초파남보
무지개 색깔
곱아라 고아라

# 2부 엄마의 옛노래

# 엄마의 옛노래

# 엄마의 옛노래 1

지금은 잊혀져 가는
엄마만의 노래
육 남매와 자식들이 속 썩이는 날도

가사 곡조 다 무시하고도
잘도 부르셨던 옛노래
불러보자

"풀어진 넥타이는
다시 매면 되고요
이내 사랑 풀어지면 오호라 데야
어찌나 할까"

엄마가 부르셨던 옛노래
지금 딸년

옛날을 그리며
가슴 두드리고 있네

# 엄마의 옛노래 2

천상에 계신 엄마만의 노래
가슴 시린 노래
엄마가 그리워 이 밤
옛날에 흥얼거린다


"당신은 은낙 새 둥둥 그 뒤에는 꾀꼬리 둥둥
잘난 너는 앙기 속에서 앙기 당기 춤추세
앙기 당기 다라 다라 내 사랑아"


가락 맞출 생각조차 없이
긴 밭고랑을 돌고 돌며
노랫가락 캐어내고
가난도 묻으셨다


지금은 어디에서도
들려오지 않는 노래
그리움에 엄마하고 불러본다.


은낙새 : 엄마의 새

# 부모님 전상서

길이 열리는 하늘 너머
천상에 계신
부모님께 글월을 올립니다

지난날
눈물로 주고받았던 많고 많았던 대화.
매서운 눈빛 잊을 수 없어
청정한 고요한 시간이면.
묻고 싶습니다

천상 그곳엔 그 지긋지긋한
통곡 소리 메아리 안 들리나요

이제는 내려오소서
제 곁에 머물러
눈물방울 방울 모아 키운
팔망 나이 먹고
뒤늦게 능소화처럼 고개 내밀고
기다릴 테니
오늘 밤에라도 오소서

## 작은 소망

태어나서 부모가
아가라 불러 주셨던 적
그때의 소망은 뭐였었지

우정어린 친구들
그 이름 너무 많아
돌탑 쌓았다

굴러떨어진 돌덩이
주워 모아 보니
이 세상 눈감을 때까지
갖고 싶은 이름 또 생겨나네

작은 소망
하얀 백지 위에
시 한 수 수놓고 싶다

# 아들 생일

7월 28일 오늘이 너의 생일날이구나
어언 43년

하나 낳고 잘 기르자는데
세 번째 내게 온 너
가난이 대물림될까 애태웠지

어떡할 뻔했니
너를 안아주지 않았다면

이 밤 누가 밝혀주랴
하늘에 별은 누가 따라 주랴
꽃길 가는 대문 누가 열어 줄까
손주 놈도 말하네

대문 활짝 열어놓은 머리 위에
햇살이 환히 비추네

# 금메달

길섶 자그마한 텃밭 하나 샀어요
이리 굴리고 저리 굴리며
돼지 저금통
깨 떨어

썩은 감자로 우려내 배 불리고
바가지 박박 긁어 샀지요

목에 걸어야만 금메달인가
땅속에 돌들도 갈고 닦으니
금메달이 되고
쓰레기 더미 속에서도
꽃을 피우더이다

잠시 쉬었다 가겠소
당신들의 칭찬과 응원 속에
박수 소리 얼싸안고
금 빛 위에 앉습니다

## 바램.

초가지붕 아래 돋아난 새싹
별을 채 헤아리기도 전에
또 하나 둘 셋 넷

바램도 소원도 몰랐었지
밥그릇 수 헤아리기 바쁘고
밥그릇 높이에 눈동자 굴렸었지

하얀 쌀밥 한 톨
내 그릇 위에 올려지는 게
바램이었던가
소원이였던가

책 보따리 여섯 개.
감자 알맹이 긁어질 때까지
허리 칭칭 동여 감고
버티어 냈었지

이젠 부여라 마셔라
장구 소리 북소리
앞 뒷산 산새들도 매미도
쾌지나 칭칭 노래 부르네

# 행복해하고 싶으세요

손주 놈들의 울음소리
할아버지의 잔소리
모두 담으니
시가 되네

몰랐지요
한 발짝 한 발짝 내딛는
걸음걸이 속에
숨어있다는 것을

온통 시속에 살고 있다는 것도
걸음걸이 숫자에 따라
시도 함께 따라오네
같이 따라오네

# 운현궁

안국동에 있는 운현궁
노안당에 왔다
흥선 대원군이 거처

빗님도 시원스레 내리고
부연 끝을 바라보며 앉아
빗줄기 헤아리는 것도 잊었네

수염 긴 할아버지
비속을 헤집고
긴- 갓끈 드리우고
하얀 수염 쓰다듬으며
소매 넓은 도포 자락 휘날리며
노안당에 다녀가시네

# 감사합니다.

동쪽 창이 훤히 밝아 오더니
햇살이
껴안아

아— 살아 있구나

새소리 매미 소리 합창하며
창밖을 기웃대고
말복 끝에 살랑거리는 바람까지
설거지

다 토해내지 못한 그리움
고향 내음 맡고 싶어
길 채비 뚝딱거리는 님
감사합니다 감사합니다

# 꽃상여

창호지 색색의 물감 입혀
이꽃 저꽃
.

새색시 시집 보내듯
빨강 천 노랑 천
하늘로 날려 보낸다

하얀 수건
고깔모자 만들어 쓰고

잘 가시오
천당에 가시오 소리를 내며
어디로 가시나
어디에서 머무르실 건가
어디로 가야 하나

갈팡질팡 우뚝 서서
가시던 길 뒤돌아보네

## 우리 집 계단.

한 계단 내 딛고
두계산 내 딛고
원망 울분 쏟아내던 곳

어린 시절 두들겼던
풍금 건반으로 바껴
도레미파 솔. 화음을 이루네

아픈 다리 간곳없고
노랫소리 울리네
짧은 건반이 아쉽네

# 김기진 선생님

눈감고 누웠다 말고 벌떡 있으나
선생님 말씀 되새김해
여물 다시 꺼내 곱씹듯

열정 쏟아부어 흰 머리카락으로
무명 솜 만드셨나

갓난아기 감싸 안 듯
영혼 살찌우고
키워 주시네

이름 거룩하여
세상 산천을 흔들 수 있다면
높은 곳에 깃발 꽂아 놓고
기다려 볼 테요

바른길 또박또박 걸으며
다시 일어나며
뛰어갈 테에요 영원히

# 내가 어떻게

내가 어떻게
내가 무슨 수로
시를 쓰고 글을 쓰냐고

수없이 외친 소리
왜 못해 왜 못써

큰 코끼리도
작은 바늘 하나로 죽일 수 있고
큰 얼음덩어리도
바늘로 깨뜨릴 수 있는데

할 수 있지
쓸 수 있지
눈을 감아도 길을 걸어도
보이는 게 하도 많아

찌르고 찔렀더니

내가 어떻게 하는 소리 잠들고
시 한 수 깨어나 범람하고
구름 타고 곳곳이 퍼져 나네

# 3부 인생 역전

# 인생 역전

# 인생 역전

나팔꽃 나팔 불어
알리고 싶다

꼬부랑길
또 다른 비탈길
바른길 가서 열매 맺길 바랐건만

돌부리 길 밟았네
넘어질 듯
넘어질 듯 비틀댄다
돌부리 틈새 끼어 겨우 피어난
나팔꽃

키 큰 해바라기 손짓으로
오르고 오르다 보니
지난 길 훤히 내려다보여

나팔꽃 나팔 불어
인생 역전 알리고 싶다
울 엄마 아버지 무덤 속까지

## 주인

당신은 누구입니까
끝없이 벨을 누르다 두들겨 봐도
아무 대답 없으니

없는 주인 찾느라
긴 세월
산등성 수십 개 넘고
바다에서 바다로
헤엄친 게 수만 리

만신창이 된 몸 어쩌라고
음지 양지 가리지 않고
솟아오른 내 마음
내려놓고 앉았더니

내 얼굴 보이고
주인 얼굴 나타나네

# 친구 사이

너와 나 사이에
사라져버린 공간.
채우려면 무엇이 필요한지

뻥 뚫린 가슴 채우려다
깡통 소리 들릴까 봐
가던 오솔길도 낭떠러질 길
차라리 입술 앙다문다

옷 색깔 서로 달라
입지도 벗지도 못하고
걸어두고 너를 기다린다

너와 나 하나가 되고
한뜻 되어
같은 옷 입고
떠나보자

깜깜한 암막 커튼 벗고
눈감으니
허허 웬일
자네 얼굴 비치네

# 열두 폭 병풍 속 봄

바람 타고 왔지요
진달래 꽃잎 입술에 바르고
빨간색 목단 꽃잎 연지도 붙여
목단꽃 큰 잎 골라 치마 만들고
벚꽃은 저고리

하얀 배꽃 따 동정 붙이고
시기 질투 많은 친구를 따돌려
강 건너 바다 건너
산바람 갈아타며 왔지요

성깔 있고
성격 급한 친구는 마구 흔들고
떨어진 꽃잎 주우며
이슬 머금네
울음 머금네

# 하나님 아버지

당신 진짜 내 아버지 맞나요
날 낳아 주셨던 아버지는
아들딸 차별에다
남녀 부동석이라는
굴레에 갇혀

길고 긴 세월
창살 없는 감옥살이
그 아버지 아직 못 잊었는데

왜 또 아버지가 계시나요
당신이 진짜 내 아버지시라면
닫힌 문 좀 열어 주세요
아버지 곁에 가야잖아요

당신이 진짜 내 아버지라면
탈옥시켜 주세요
감옥 문 부숴 주세요

# 추어탕

야무지고 음식 솜씨 있는
친정집 올케언니

육 남매 모이는 날이면
밥상 위에 오르는 추어탕
등치 큰 동생들
두 그릇 세 그릇마다 않는다

가뭄 끝에 갈라진 논바닥
물 흘러 들어가는 소리
자식입에 밥숟갈 들어가는 모습
제일 큰 행복이라는 말씀

손주 다섯 둔
할머니 되니 알겠네
올케언니의 추어탕
가슴이 아려 오네

## 조급한 성격

바쁜 걸음 재촉해서
지하철에 구석에 앉아
내일 공연할 시 낭송해 본다

중간중간 빠뜨리는 글자
조급한 성격 탓
벌떡 일어나 중얼거린다

시선이 내게 몰려
마스크 모자가 수줍음 가리고

조급한 성격 알아차린 듯
씽씽 달려가 준다

# 친정집 제삿날

아들 네 딸 둘
육 남매
같은 부모 밑에 태어났건만

성격도 제각각.
여당 야당으로 나눠
큰 목소리 자랑삼는다

같은 것은 하나
소주잔 숫자에 따라
케케묵은 얘기
또 하고 또 한다

동이 틀도록 웃음으로
제사상 물리는 우리 친정집.
향상 영원히 깨어있어라

# 인도

인도 타지마할
무굴제국 황제가
부인 위해 지은.
타지마할

짓는 데
강산도 두 번더 변했다지
유난히 잊지 못하는 것은
부러움 때문인가

죽음의 궁전 타지마할
죽어서 죽지 않았으니
인도의 벌잇줄 될 줄이야.

갠지스강 물은
영원히 흐를 테고
강가에 촛불은 영원토록
밝혀지겠지요.

## 따뜻한 사람

진심 영혼 없이
겉치레만 많이 해도
싹을 틔울 수 없고

불꽃은 위로 타오르고
물은 아래로 흘른다

앉은 자리 데워주고
기댄 어께 대펴주고
잡은 손 따뜻한 사람

# 요양원

모든 역사 침전한 곳
기억도 가라앉아
온종일 청소만 하신다

역사가 시들고
고뇌가 묻어나는 그 길
천국 가시는 꽃길 될 테지요

# 장독 항아리

검은색 항아리를 보면
부모님 모습이 보인다

장독 위에 정화수 떠 놓고
두 손 싹 싹 비비던 말씀

그때는 듣고도 알 수 없었는데
팔망 지금 훤히 보인다

항아리 속 숨겨진 그림자
부모님 얼굴이 보이네

씨 간장 젖줄로 굵어진 뼈와 살
곳곳이 태극기도 보이고
끝없이 이어지는 우리 민족
전통이요
역사가 보인다

둥글게 담아 안을 수 있고
품을 수 있기에
세월 항아리 속에
진한 역사가 여여하다

# 옛날이야기

할머니 옛날 이야기
돈을 너무 밝히면
구렁이가 된다는데

모두 왜 돈을 좋아하지
저승 여비
얼마를 가져가야 하길래

주머니 채워지지 않지
어쩜 좋죠

안 가면 된다오
게으름 피우며
열심히 글이나 쓰세

# 여행길

아들 집에 갔다가 탄
공항철도
크고 작은 가방 안고
앉아있는 여행자들

내 가슴 울렁거려
마음의 날개 파닥 파닥
여행길에 올랐네

솜털보다 더 부드러운
하얗고 파르스름한
구름 덮고
파묻혀
내일을 다짐하는 축배 여행

동서남북 따로 있나
남풍 북쪽에 전해주고
북쪽에서 흘러오는 물
우리 한강에 담으니

한 마음 되는데
하나가 되는데
베를린 장벽 무너지듯
긴 팔 긴 다리 쭉 뻗어
하나가 되자

# 친구와의 이별

쓰린 마음 담아보니
두 그릇 모두
사랑이 넘치네

분수 되어 내뱉은 말 물줄기
넘쳐
바다에서 만나려나

땅속에 스며들고
구름 속에 스며드니
옛 추억 헤아릴 수 있으려나

## 연연하지 않으리

오늘 하루 어디에도
연연하지 않으리라
당신으로 인해 짊어진 무게
벗어날 수 있다면

내 안에 다이아몬드
당신이 갈고 빛내
간직해 주세요

변하지 않는
파손되지 않는
다이아몬드 드리고 싶어요

어둠도 밝음도
연연하지 않고
그대 한맘이면 좋겠지요

# 4부 할아버지 담배 재떨이

# 할아버지 담배 재떨이

# 할아버지 담배 재떨이

탕탕탕 재떨이
동이 트기 전에 두들겨 잠 깨운다

밥상 들이는 시간 조금만 늦어도
탕탕탕
맏며느리 간 오그라든다

탕탕탕 소리
호랑이 별명 붙었지
동네 아낙들한테까지 호랑이 노릇
슬금슬금 피해 다녔지

무서운 호랑이 할아버지
서랍 속 눈깔사탕 한 알 꺼내주신 사랑
이젠 알겠습니다
올겨울 제사엔
약주 사 들고 찾아뵙겠습니다

# 내 사랑아

지난 세월 동안
씨 뿌린 게 없어
가을 열매 거둬들일 것 없어
부끄럽다

뒤늦은 후회에
속내 다 끄집어내고 싶어도
드릴 게 없다

흩어진 씨앗 모아 뿌리고
물줄기 막아서
내 사랑 지키고 싶다

# 만학도 생

뒤늦게 손짓한다고
모른 척하지 말아
숨어있고 싶어 숨지 않았다오
.
써 놓은 편지
우표값 없다기에
기다렸다오
눈시울 너무 무거워
지각생 되었다네

숨겨둔 책가방
찾지 못해
깜깜한 세월에 갇혀
지각생 되었다오

# 숨은 재능

꽃도 저마다 다른
시기에 피어나듯
숨은 재능 숨바꼭질하네

피어나지 않았다고
찾지 못했다고
자라지 않는 것은 아니지

밑거름 듬뿍 주면
늦게라도
찾아올 수 있으려나

기다리면
고개 들 테지
나만의 속도로 꽃이 피듯
나만의 속도로
숨은 재능 찾아 나서야지

# 퍼즐

내 자리 어디지
여기저기 찾아봐도
못했던 자리

아래쪽 모퉁이 자리
찾았다
조각난 내 인생
한 조각 퍼즐

# 태풍 힌남노

추석을 앞두고 몰아친 힌남노
애지중지 과일 떨어트려

안타까운 마음 달래 주고파
위로의 말을 전하는
우리 모두 한마음

얼마나 막막할 거나
얼마나 답답할쏘냐
빨리 물러가거라
무슨 잘못 했길래
그렇게 때리고
부숴 버린단 말인가

바람 비 서로서로
문 열고 들이치며
산하대지를 삼킬 듯하니

도둑이 칼을 겨누듯
무섭기만 하구나

# 옛날의 꿈

아이들에게
어릴 적 꿈을 이야기했더니
피식 거린다

경찰도 변호사도 아닌
식탁 위에서 밥을 먹을 수 있는 것
침대 위에서 잠잘 수 있는 거였지

좀 더 욕심낸 꿈
내 아들딸 노랑 베레모 씌워
유치원 보내는 것

또 피식 웃으면 용서하지 않을래

빨리 어른 되고픈 꿈 꾸며
할머니 할아버지 되고 싶었다

침대는 막연한 꿈인 줄 알았는데
호롱불 기름 한 방울도 아껴가며
오늘을 이어주신 부모님 덕

번쩍번쩍 빛나는 식탁 앞에서
피식 웃는 웃음 용서하지 못하지
모든 꿈 소원 다 이룬 오늘

큰손주 학교 보내 놓고
작은 손주 둘은 유모차에 태워 어린이집으로 간다

# 삼 년 고개

시아버지
삼 년 고개 세 번 넘고도
삼십 년 고개 세 번
십여 년 더 사셨다

일곱 남매 수호신
저승사자도 무서워서
못 오시고 물러가셨지

약주 드신 힘 보태가며
병마도 이기셨던 시아버지
텃밭 언저리에 편히 누워
칠 남매 지켜주신다

추석 보름날 맛난 음식 올려놓고
기다릴 테니
어머니 손잡고 오셔 드세요

넙죽 절하고 난 날이면
발걸음 가벼웁다

삼 년 고개
삼십 년 고개 영원토록
이어지길

# 금 방석

호박꽃도 꽃

꽃봉오리 피어날 무렵
이웃 동네 엄마 심부름 간 날

어른들 몇 명
호호 하하 웃음소리
앞으로 돌았다 뒤로 돌았다
손바닥까지 펴 보이길 몇 번

중매쟁이

금 방석에 앉을 수 있는 점 꿰라
유난히 양반 쌍놈 따지셔는 노발대발

그 후 몇 해

금 방석 꿈은
아이셋 먹이고 입히느라
금 방석 만들기 잊었는데

세월은 흐르고
엄마가 못 앉은 금 방석
아들딸 손주들까지 앉을
금 방석 만들었네

긴 세월 보낸 오늘.

이제서야 깨우쳤지
사랑하는 이와 함께 앉은 이 자리가
금 방석

# 맏동서 형님

거친 파도 건너건너 왔더니
더큰 해일 밀어 닥치네

시부모님 백년고개 넘기고 나면
아픈허리 펼까 했지만

오랜 시집살이 억울해서
막내동서한테 푸념했거늘
되래 큰소리치네

비바람에 썩은 나무들
뽑아 버리면 그만인데
오늘도 가슴만 때리고
또 때리고 있다

# 둘째 형님

하느님 은총 힘입으셨는지
언제나 해맑은 웃음으로
칭찬 풍부한 둘째 형님

누구에게라도 즐거움
선물하고 싶어 하신다

삼 형제 부부
외국 여행 전날 밤
한 이불 밑에서 제 손 잡고
습기 머금은 목소리로

동서야 고맙다
동서 덕분에 외국 여행 또 가네
아랫동서 마음 헤아릴 줄 아는 형님

안부 전화드리면
고맙다 동서 이말 또 하신다
뒷기분 즐겁다

# 따봉

손주 놈 배 속에 있을 적
태명을 고민하는데

할머니 왈
따봉 그래 따봉 좋아
쑥스러워하는 며느리 앞에서 붙여진
태명
따봉

고구마 한 광주리 담듯
따봉도 한 광주리

따봉 할배
따봉 할매
따봉 에미 애비
따봉 또 따따따 봉

고구마 광주리 넘치듯
따봉 할배 할매 손주 부자

# 시누이

동갑내기 시누이
야무지고 부지런하다
젊어 보이는 데다 예쁘장하기까지 하고

육 남매 맏며느리 노릇에다
술 좋아하는 남편 만나
안타까운 눈빛 보냈는데

부모님 사셨고
칠 남매 태어난 집
부숴 없애 버리려고 했던 집

뿌리내려 핏줄이여 가면
엄지 치켜들고
표창장 줄줄 알았는데

# 소망

내 남은 소망하나

조약돌 위라도
시 한 수 새겨 놓을 수 있다면
비단 손수건으로 닦을 텐데

세상 끝난 후
큰 바위 위에
새겨질지도 모르지

내 영혼도 거기에
함께 있고 싶어
두 손 포개 들며

낙관 찍으러 오겠지
얼굴 잊을까 봐
별 되어 반짝이고 있겠지

# 영원한 자유

사뿐사뿐 가벼운 발걸음
한여름 뜨거운 열기 뒤로하고
솔바람 온몸에 안고
발 걸을 리듬에 맞춰
시를 읊는다

간간이 불어오는 리듬에
낭송을 하니
어느덧 마음은
오대양 육대주에서 헤엄치고 있는
나는 영원한 자유인

# 내 남은 생

시처럼 살고 싶다
내 안에 있는 모든 것
다 끄집어내

시처럼 살고 싶다
보이지 않고
들리지 않던 소리
듣고 싶어
귀 기울였더니
보이는 게 너무 많아

# 사촌동생

사촌이 땅을 사면
배가 아프다는데
아니야
거짓말

친동생은 등잔밑
그늘에 가려
보이지 않은 것도

사촌동생

먼 불빛으로
쓰린 마음 들여다 본다

얼마나 많은 알콜 들어 부었는지
말끝마다 쓰린마음 닦아내고

소독하네
고맙구나
독한 알콜 내 마음 향수병에 담았더니
장미향 향수 퍼져 나네

## 《서평》 시처럼 살고 싶어 시를 쓰는 시인

김종상

(한국문협, 국제PEN 고문, 詩歌흐르는서울 심사위원장)

1) 이순재 시인은 「만학도 생」 이란 시에서 '숨겨둔
책가방 찾지 못해 깜깜함에 갇혀 시들어 가며, 지각생
되었다오' 라고 노래하고 있다. 만학도로서 방송통신
대학교 교육과를 졸업했고, 성균관에서 한자 지도자
자격증도 땄다. 詩歌흐르는서울을 통해 시인으로 등단
했으며, 詩歌흐르는서울 월간 문학상 선정위원이기도
하다. 그러면서도, 여러 곳의 사회문화단체에서 봉사활
동도 꾸준히 하고 있으니, 천 개의 눈으로 어려운 사
람들을 살피고, 천 개의 손으로 그들을 다독거려준다
는 '천수천안관세음보살千手千眼觀世音菩薩'을 떠올리게
한다. 시인이 된 것도 이런 일들과 무관하지 않으니,
좋은 시를 써서 보여주는 것도 그렇지만 시낭송가로서
많은 사람에게 위안과 기쁨을 주는 것도 그러하다.

### 시처럼 살고 싶다네

안에 있는 모든 것
다 ㄲ집어내
시처럼 살고 싶다

보이지 않고
들리지 않던 소리
귀 기울였더니

보이는 게
너무 많아
눈을 감을 수 없네

이런 마음에서 시인이 된 것이다. 교육학자이고 철학
자인 「H.D.소로」는 모든 사람은 시인이 되고 싶어한
다. 그렇지 못 할 때에 철학자가 되고 과학자가 된다.
이것이 시인의 우수성을 증명하는 것이다' 라고 설파
했다. H.D.소로' 는 '모든 사람은 시인이 되고 싶어한
다' 라고 했지만. 이순재 시인은 한 단계를 더 높여
시처럼 살고 싶다라고 했다. 그렇기 때문에 그에게는
일상적인 삶이 모두 시詩인 것이다.


## 행복해하고 싶으세요

손주 놈들의 울음소리
할아버지의 잔소리
모두 담으니
시가 되네

몰랐지요
한 발짝 한 발짝 내딛는
걸음걸이 속에
숨어있다는 것을

온통 시속에 살고 있다는 것도
걸음걸이 숫자에 따라
시도 함께 따라오네
같이 따라오네

' 시 한 수 깨어나 범람하고, 구름 타고 곳곳이 퍼져 나네 '라는 『내가 어떻게』 나, ' 이처럼 시처럼 살고 있는 것이니, 솔바람 온몸에 안고 발 걸음을 리듬에 맞춰 시를 읊는다 '고 말한 『영원한 자유』 같은 시에 서도 그러한 이순재 시인의 의지를 엿볼 수 있다.

2) 먼 옛날 당나라의 현종과 그의 비 양귀비와의 끝없 는 정한을 노래한 장한가長恨歌로 만인의 심금을 울린 백낙천白樂天은 '시는 정을 뿌리로 하고 말을 싹으로 하며, 소리를 꽃으로 하고 의미를 열매로 한다' 라고 했다. 정情은 사랑이다. 시는 그 사랑의 뿌리에서 싹이 나고 자라서 줄기를 뻗는다. 그 줄기에서 잎이 돋고 꽃이 피어서 열매를 맺는다는 것이다. 그래서 시는 사 랑의 노래일 수밖에 없다. 그 사랑은 대상이 무엇이든 관계 없이 아름답고 고귀한 것이다. 이순재 시인은 이 미 시처럼 살고 싶다고 했으니, 그만큼 만물을 향한 사랑의 마음도 남다르다는 것을 알 수 있다. 그러한 정을 그려낸 시를 살펴보기로 하겠다.

## 작은 소망

태어나서 부모가
아가라 불러 주셨던 적
그때의 소망은 뭐였었지

우정어린 친구들
그 이름 너무 많아
돌탑 쌓았다

굴러떨어진 돌덩이

주위 모아 보니
이 세상 눈감을 때까지
갖고 싶은 이름 또 생겨나네

작은 소망
하얀 백지 위에
시 한 수 수놓고 싶다

願원이 많은 사람은 한 층 한 층 돌탑을 쌓고, 恨한이 깊은 사람은 한 바퀴 두 바퀴 탑돌이를 한다는 말이 있다. 願원과 恨한은 모두 사랑의 다른 형태이다. 자식이 잘 되기를 바라고 가족이 행복하고 집안이 화목하기를 원하는 것은 모두 크나큰 사랑이다. 그런 것이 생각과 같지 못 하면 한이 된다. 살아오면서 그런 생각들이나 가까운 친구들이며 정든 사람들을 그리는 정을 돌탑 쌓듯이 하나하나 가슴에 새겨보면 굴러떨어진 (곁을 떠난) 돌덩이도 있지만 내가 세상을 떠날 때까지는 가슴에 시 한 수를 쓰듯이 수를 놓고 싶은 게 '작은 소망' 이라는 것이다. 다시 말하면 친구들 이름을 불러보는 것과 돌 한 덩이씩 올려 놓으며 탑을 쌓는 것을 대비시킨 것이 절묘하다. 그럼 굴러떨어진 돌덩이는 무얼까? 잊혀진 친구일 수도 있고, 떠나간 동료일 수도 있겠지. 어떤 쪽이든 사랑하는 사람들을 내 마음 속에 시 한 편씩으로 수를 놓고 싶은 것이다. 대상이 가족이든 친구이든 인간관계의 사랑을 노래하고 있는 것이다. 그 밖에도 '연지곤지 찍은 듯, 너무나 이뻐서 쟁반 위에 바친 채 바라본다' 는 『봉숭아』, '매미에게 왜 울고 있느냐고 물어본다' 는 『매미 울음소리』, 『퍼즐』 등, 이런 시에는 넓고 깊은 사회적 경륜에서 익혀온 후덕한 사랑의 마음이 스며있다.

3) 화학에서는 물질이 화학반응에 의해 다른 형태의 물질로 바뀌어도 그 질량은 변하지 않고 항상 일정하다는 물질불멸의 법칙이 있다. 우리의 생사관에도 이와 비슷하다고 할 윤회사상이 있다. 사람이 살아가는 길은 전생-현생-후생으로 이어져 가고 있는데, 전생에서는 소나 개, 새나 벌레, 물고기 등 갖가지 다른 모습으로 거듭 살다가 현생인 이 세상에 사람으로 태어난다는 것이다. 또 현생을 살다가 죽게 되면 살아있을 때 쌓은 업보에 따라 짐승, 물고기, 새 같은 다른 생명체로 형태를 바꾸어 태어나 후생을 거듭해서 살게 되므로 목숨은 죽게 되면 영영 없어지는 것이 아니라 삶의 형태를 바꾸어서 다른 세상을 산다는 것이다. 이순재 시인은 시 「동그라미」에서 이러한 물질 불멸의 법칙과도 같은 우리의 생사관인 윤회사상輪廻思想을 떠올리게 하고 있다.

## 동그라미

출발지도 도착지
도착지도 출발지
우리 생도 동그라미

뱅뱅 돌아도 동그라미
둥근 지구도 동그라미
뒤돌아보니 또 출발지

땅속에 묻혀 숨어서도
그 자리 동그라미
영원히 돌고 도는 동그라미
죽음도 삶도 없는 동그라미

이 『동그라미』는 바로 윤회輪迴의 동그라미다. '출발지도 도착지, 도착지도 출발지, 우리 생도 동그라미'라고 하는 표현은 참으로 훌륭한 표현이다. 우리는 전생으로부터 현생인 이 세상으로 올 때까지 셀 수 없는 겁劫의 전생을 살아왔고, 후생은 또 영겁永劫의 세월을 다른 모습으로 살아가게 되므로 결국은 끝이 시작으로 되돌아오게 된다. '출발지도 도착지, 도착지도 출발지' 란 표현이 바로 그것을 말하고 있다. 또 '동그라미' 는 세계의 모든 중생을 교화하는 불교적인 전륜성왕의 수레 바퀴인 법륜法輪에 비유하여 이르는 말일 수도 있기 때문에 참으로 깊고 오묘한 진리를 품고 있는 것이기도 하다.

그 밖에도 '하늘 너머에 계신 부모님께 글월을 올린다' 는 『부모님 전 상서』, '새색시 시집보내듯 빨강천 노랑천을 하늘로 날려 보낸다' 는 『꽃상여』, '모든 역사 친전한 곳 기억도 가라앉아 청소만 한다' 는 『요양원』, '정한수 떠놓고 두손 싹 싹 비비시던 부모님' 의 『장독대 항아리』 등이 모두 인생의 생사 문제를 생각해보고 있다.

이상에서 보듯이 이순재 시인의 시는 짧은 문장 속에 가장 일상적이고 쉬운 표현으로 큰 뜻을 담아 보여주고 있다. 더욱 건필을 빌며 보람과 영광이 늘 함께하길 기원한다,

이순재 제1시집

# 어쩌면 좋아

인쇄 2022년 09월 20일
발행 2022년 09월 27일

발 행 인 : 이순재
편 집 인 : 김기진
편집위원 : 권영선
펴 낸 곳 : 문예출판
등록번호 제 2014-000020호
14202 경기도 광명시 오리로 1004길 8, 젤라빌리지 B02호
        Mobile : 010-4870-9870
        Email : 1947kjk@naver.com
ISBN 979-11-88725-34-2
가격 10,000